AF357743

SEPT
TABLEAUX

PROVENANT DE LA GALERIE POURTALÈS

ET DÉPENDANT

de la succession de feu M. le Mis de Ganay

PARMI LESQUELS UNE

ŒUVRE CAPITALE DE CLAUDE LORRAIN

Me ESCRIBE   **M. HARO**

COMMISSAIRE-PRISEUR   PEINTRE-EXPERT

PARIS

TYPOGRAPHIE GEORGES CHAMEROT

19, RUE DES SAINTS-PÈRES, 19

CATALOGUE

DES

7 TABLEAUX

PROVENANT DE LA GALERIE POURTALÈS

ET DÉPENDANT

de la succession de feu M. le M de Ganay*

PARMI LESQUELS UNE

ŒUVRE CAPITALE DE CLAUDE LORRAIN

La Vente aura lieu a l'Hôtel Drouot, salle n° 3

Le Samedi 14 Mai 1881, à 5 heures

IMMÉDIATEMENT APRÈS LA VENTE DES LIVRES ET MANUSCRITS

COMPOSANT LA

BIBLIOTHÈQUE DE M. LE M* DE GANAY

EXPOSITION

LES MERCREDI 11, JEUDI 12 ET VENDREDI 13 MAI 1881

Mᵉ ESCRIBE	M. HARO
COMMISSAIRE-PRISEUR	PEINTRE-EXPERT
6, rue de Hanovre, 6	14, rue Visconti et rue Bonaparte, 20

1881

CE CATALOGUE SE DISTRIBUE A PARIS

CHEZ

M^E ESCRIBE	**M. HARO** ✳
COMMISSAIRE-PRISEUR	PEINTRE-EXPERT
6, rue de Hanovre, 6	14, rue Visconti et rue Bonaparte, 20

CONDITIONS DE LA VENTE

Elle sera faite au comptant.

Les acquéreurs paieront cinq pour cent en plus du prix d'adjudication.

DÉSIGNATION

CLAUDE LORRAIN (Claude Gelée, dit

Peintre et Graveur,

Né au château de Chamagne, en Lorraine, en 1600, mort à Rome en 1682,
élève de Goffredo, peintre napolitain, et d'Agostino Tassi.

1. **Paysage italien, effet de soleil levant.**

Sur la gauche, au-delà d'une arche jetée sur le cours d'un ruisseau, s'élève un monticule couronné par quatre colonnes, restes majestueux d'un temple corinthien ; entre cette ruine et un bouquet de beaux arbres plantés dans leur voisinage, on découvre une tour placée au centre de quelques habitations de simple apparence ; plus loin, de ce même côté, la vue se trouve arrêtée par une haute montagne surmontée d'une fabrique assez considérable.

Sur le premier plan, dont le terrain domine les autres parties de la composition, on voit un jeune pâtre debout, jouant de la flûte près de sa compagne assise sur une roche. Non loin d'eux est un modeste abri formé d'une toile attachée à un arbre ainsi qu'à un pieu, et destiné sans doute à les garantir de la chaleur du jour. A partir de ce lieu, le sol, qui s'incline graduellement vers la mer, est baigné par un fleuve traversé non loin de son embouchure par un pont de bois. Au fond se développe un golfe très étendu, couvert de barques et de vaisseaux ; à la droite, une longue suite de côtes forment de grands promontoires qui se succèdent jusqu'à l'extrémité de l'horizon (1).

Ce tableau capital, où se trouvent réunies toutes les qualités de ce maître, faisait partie de la collection de M. Wiliams Smith, à Londres.

Il porte à la fois le nom de son auteur et la date de l'année 1642 ; on le trouve gravé sous le nº 64 du *Livre de Vérité* (2).

Toile. — Haut., 1ᵐ,08. — Larg., 1ᵐ,32.

(1 Indépendamment des deux personnages déjà décrits, le paysage est animé par d'autres figures disséminées sur d'autres plans.

2 On nomme ainsi un recueil où Claude Lorrain a placé les dessins de tous les tableaux capitaux sortis de sa main. Ce livre précieux appartient à la magnifique collection de S. G. le duc de Devonshire.

(Ancien catalogue publié en 1865. Nº 281 de la vente Pourtalès.)

La galerie Pourtalès avait l'importance d'un musée, elle a révélé des chefs-d'œuvre qui sont aujourd'hui dispersés dans les collections les plus considérables. M. de Ganay, gendre de M. de Pourtalès, s'était rendu acquéreur du Claude Lorrain, non seulement parce que ce tableau est classé au premier rang par sa beauté et le mérite de l'exécution ; mais surtout, parce qu'il avait été frappé du merveilleux état de conservation, qui ajoute à cette œuvre un prix inestimable et permet d'apprécier dans tous ses développements le génie du peintre du soleil.

Les figures sont dues au pinceau de Filippo Lauri.

DÜRER (ALBERT)

Peintre, Sculpteur en bois, Graveur sur cuivre et sur bois.
Né à Nuremberg le 20 mai 1471,
Mort dans cette ville le 6 avril 1528,
Élève de Hupse Martin et de Michel Wolgemuth (école allemande).

2. La Décollation de saint Jean-Baptiste.

Dans la partie basse d'un palais, dont les portes sont ouvertes, et qui se présente de face sur un plan reculé, la jeune Salomé, excitée par sa mère, demande à Hérode Antipas la mort de saint Jean. En dehors de l'édifice, un bourreau, d'un aspect farouche et bizarrement vêtu, marche accompagné de satellites, en traînant le vertueux Précurseur sur le lieu destiné à son supplice.

Le premier plan contient la fin de ce drame. On y voit le corps de la victime gisant à terre, près d'un chef de gardes et de deux autres témoins de l'exécution. À la gauche, Salomé, somptueusement vêtue et placée sur le seuil d'un portique richement décoré, reçoit sur un plat, et de la main du bourreau, la tête de Jean. Au-delà de l'aile gauche du palais, se voit une montagne surmontée d'un château et creusée de grottes qui servirent peut-être de retraite à des solitaires. Sur la partie intérieure de ce terrain sont quatre personnages placés autour d'un grand feu.

Bois. — Haut., 19 cent. — Larg., 38 cent.

Ancien catal. publié en 1865, N° [illegible]. — François Ier [illegible].

Ce tableau a soulevé déjà bien des controverses ; en réalité la certitude sur le nom de l'auteur de cette peinture, qui a le brillant d'un émail, et qui rappelle par ses procédés et son coloris certains maîtres de l'école de Bruges, n'est pas encore établie..... Dans la galerie Pourtalès, ce tableau était par erreur attribué à Albert Dürer et presque tous les connaisseurs partagent cette opinion. Plusieurs personnes croient déchiffrer une signature sur les courroies du bouclier; certaines autorités pensent reconnaître le pinceau de Henri Met de Bles, d'autres de Martin Van Veen, dit Heemskerk, d'autres encore de Lucas de Leyde. Ci-dessous nous reproduisons en plus la note écrite par M. Alfred Michiels sur ce tableau.

La Décollation de saint Jean-Baptiste
Par Pierre Aertszen, dit Pierre Le Long [1].

Ces deux vers latins, gravés sous son portrait, indiquent son habitude de peindre des personnages d'une longueur excessive :

Corpore longus eras, et formans corpora longa,
Tu, Longe, ostendis magna placere tibi,

Le commencement du quatrain nous apprend que les habiles, que les connaisseurs, admiraient son coloris et la fermeté de son dessin.

Un tableau de Berlin, qui porte une signature vraie : 1552, *december* 22, *P. A.*, correspond exactement à ces indications anciennes des caractères de son style. Les personnages ont des statures démesurées que fait ressortir leur maigreur; on dirait qu'on les a tous passés à la filière. Le Christ lui-même paraît un géant décharné. Un tableau de Munich, ayant pour sujet l'*Adoration des Mages*, offre exactement les mêmes anomalies; la fausse signature qu'il porte ne peut tromper un historien. On y lit ces mots : *Henricus Blesius*. Or *Met de Bles* avec la houppe est un surnom en trois mots qui ne pouvait être latinisé en un seul. Henri ne s'appelait pas *Bles*; on ignore son nom de famille. L'étonnante longueur des personnages suffirait pour constater l'origine du tableau : si la mère du Christ se levait, elle aurait au moins neuf pieds de haut, et sa grosseur ne serait nullement proportionnée à sa taille. On en peut dire autant des Rois mages et des individus qui composent leur suite.

Tous les acteurs groupés dans la *Décollation de saint Jean* offrent la

1 Né à Amsterdam en 1507, mort le 2 juin 1573.

même singularité. Le bourreau, Salomé, sa compagne, le corps de saint Jean tombé à terre, dans l'attitude d'un homme à genoux, les trois spectateurs de la scène, n'ont pas les proportions habituelles de notre race. Ils sont beaucoup plus longs et plus minces que la presque-totalité des hommes et des femmes.

Le tableau de la *Décollation* a la belle et fine couleur, le dessin arrêté qu'admiraient autrefois les amateurs. On retrouve dans la facture la délicatesse de la première école flamande.

Un tableau d'Aertszen est toujours une œuvre rare et précieuse, attendu que les Iconoclastes détruisirent, en 1566, la plus grande partie de ses peintures, catastrophe dont il se plaignait toujours et qui hâta peut-être sa mort.

GUERCHIN (Gio. Francesco Barbieri, dit le)

Né à Cento en 1590, mort en 1666,
Élève de Cremonini et de Benedetto (école Bolonaise).

3. Épisode de la vie de saint Martin.

Saint Martin, monté à cheval et cuirassé, coupe avec son épée une partie de son manteau pour en couvrir un pauvre. La tête du saint est couverte d'une toque ornée de plumes. Le fond, assez peu étendu, présente quelques bouquets d'arbres.

Forme ronde. — Cuivre. — Diam., 21 cent.

(Ancien catalogue publié en 1865. N° 65 de la vente Pourtalès.)

MABUSE (Jean de

Né à Maubeuge vers 1470, mort à Anvers en 1532 (école flamande).

4. Sainte Famille.

La Vierge, placée sur une espèce de trône enrichi de beaux ornements et surmonté d'une draperie verte, soutient l'enfant Jésus assis sur un coussin qui repose sur elle, et dont les mains tiennent quelques cerises. Ce dernier tourne la tête vers sa mère, qui le regarde avec amour.

Marie est vêtue d'une robe rouge ; son voile, attaché à la hauteur de ses épaules, est bleu, doublé de jaune et bordé d'une broderie d'or. A sa gauche, près de son coude, se voit un petit vase de jaspe très délicatement monté en or, et plus bas une pomme.

Le fond de cette peinture présente une rivière traversée par un pont, et baignant successivement les murailles d'une ville et celles d'un château bâtis sur son rivage. Sur un plan plus rapproché se voit un champ couvert d'une riche moisson et côtoyé d'un sentier sur lequel passent quelques voyageurs. Une montagne élevée précède d'autres élévations qui se dégradent et fuient vers un horizon très éloigné.

Ce tableau, imité librement d'après Léonard de Vinci, est à peu près semblable pour le groupe seulement à un autre qui faisait partie de la galerie M. Massias et portait le monogramme d'Albert Dürer (1).

Bois. — Haut., 62 cent. — Larg., 54 cent.

(1) Le tableau original de Léonard de Vinci, qui a servi de modèle à celui-ci, se trouve aujourd'hui dans la galerie de M. le comte de Schönborn, près Bamberg, en Bavière. Cet ouvrage représente moins une vierge que le portrait d'une femme affligée, placée près d'une urne funéraire que l'enfant montre du doigt. Note communiquée par M. le conseiller de Schorn, de Weimar.

Le tableau dont parle M. de Schorn nous est inconnu, et nous ignorons même s'il en existe une gravure ; mais, d'après la description qu'il en donne et la vue des imitations qui en ont été faites, nous pouvons juger de l'extrême liberté avec laquelle Albert Dürer et Jean de Mabuse ont à la fois changé, chacun à sa manière, le sujet et les détails de cette composition.

(Ancien catalogue publié en 1865, N° 175 de la vente Pourtalès.)

En 1867, M. le comte de Schönborn me chargea de vendre sa galerie de Pommersfelden ; j'eus alors à m'occuper du tableau mentionné ici par le conseiller de Schorn de Weimar. Il me paraît utile, à cause de l'analogie, de reproduire l'appréciation faite dans notre catalogue sur cette œuvre qui, sous le n° 283, fut adjugée 17,000 francs.

« Cette peinture, assurément, n'est pas de Léonard, ni de Luini, ni de Solario, à qui tour à tour elle a été attribuée. Elle ne nous semble même pas italienne, quoique le type de la femme rappelle ceux de Léonard et de l'école Milanaise, quoique l'enfant ressemble à un des enfants de Raphaël. Elle fait penser à Van Orley, à Mabuse, à quelqu'un de ces habiles Flamands qui ont beaucoup travaillé en Italie. »

PERINO DEL VAGA (BONACORSI, dit)

Né à Florence en 1500, mort en 1547.
Élève de Ghirlandajo, et ensuite de Raphaël (école Toscane).

5. **Portrait du cardinal Cybo.**

Portrait vu de deux tiers et à mi-corps du cardinal Cybo Innocent à l'âge de vingt-deux ans. Il est représenté portant la barrette et la mozette pourpres. Au-dessus de sa tête est peinte en lettres d'or une inscription qui rappelle son nom, son âge et sa dignité [1].

Ce cardinal, l'un des personnages les plus honorables de son siècle et qui refusa la souveraineté de Florence que lui offrait le peuple de cette ville, était neveu du pape Léon X, et fils de Francesco, baron de Rome et capitaine général de l'église. Il mourut en 1550, à l'âge de 59 ans.

Bois. — Haut., 76 cent. — Larg., 62 cent.

[1] Ce portrait, qui rappelle si bien quelques ouvrages de ce genre sortis du pinceau de Raphaël, a été attribué à ce grand maître par plusieurs personnes dont le goût et le savoir font souvent autorité dans ces sortes de jugements.

Ancien catalogue publié en 1865, N° 97 de la vente Pourtalès.

ROMAIN (Giulio Pippi, dit Jules)

Né à Rome en 1492, mort en 1546, élève de Raphaël (école Romaine).

6 et 7. Figures allégoriques.

Deux pendentifs de même proportion, fresques rapportées sur toile, représentant l'une et l'autre, dans un sens contraire, le sujet suivant :

Un ange embrasse et affermit le flambeau de la Foi, figuré par un candélabre en forme de balustre soutenu par des pieds de lion. Sur l'un des bras de l'esprit céleste est passée une grande draperie d'un ton jaune obscur, un rideau relevé au-dessus du candélabre semble indiquer l'apparition nouvelle de la lumière divine et sa clarté bienfaisante accordée à tous les hommes.

Ces deux fresques décoraient autrefois les côtés d'une lunette de la chapelle qui suit celle des Massimi dans l'église des Minimes français de la Trinité-du-Mont à Rome 1.

Elles en furent enlevées par feu M. le prince de Canino, qui les ajouta aux autres peintures de sa collection (2).

Haut., 1m,51 cent. — Larg. 81 cent.

1 Tili, *Descrizione di Roma*, p. 378. Ce couvent, qui renfermait la célèbre *Descente de croix* peinte par Daniel de Volterre, a été fondé, en 1494, par Charles VIII, roi de France et consacré en 1595.

2 *Stanza* IV, nos 138 et 139.

(Ancien catalogue publié en 1865. No 103 de la vente Pourtalès.)

Paris — Typ. G. Chamerot, 19, rue des Saints-Pères. — 1102.